卧室·卫浴
200例
BEDROOM BATHROOM

东易日盛编辑部●主编

吉林科学技术出版社

CONTENTS

卧室
BEDROOM

卫浴
BATHROOM

BEDROOM

卧室

让空间独具魅力

低调的灰色在整个卧室中占了很大的比重，浅灰色的基调上搭配白色的印花图案，可以突出空间的活力。家中的很多家具和装饰品都是房主精心挑选的，像白色床头柜上的铁艺台灯，都为这个空间增添了独特魅力。

02

甜蜜卧室空间

从配色上来说，深紫色的纱帘作为墙壁的装饰，搭配黄色的沙发，既醒目又有层次感；从实用角度来说，卧室的这个角落可以让人退去一天的疲惫，睡前在这里喝上一杯牛奶，是不是倍感轻松呢？

03

冷色系空间布置

　　舒适的床品成为了梦想的主要制造者，它贴身的面料、温馨的图案散发着温馨的味道，躺在其中仿佛一场心灵的回归。整个空间选用冷色系来做布置，还可以选用明度较低的蓝色、绿色来搭配。

04

简约中的时尚韵味

随着家居潮流的不断翻新，近来追赶时尚的年轻人喜欢在家居装饰中加入透明的元素。因此，玻璃在家居装饰中也扮演着越来越重要的角色。将卫浴的门做成印花玻璃，简单时尚而且提升了空间感。

欧式浓情　异域格调

在这个卧室中，强烈的欧式风格和复古的实木质感是它的亮点。床头柜的设计也没有过于复杂话，简单而经典。再看台灯和壁纸的颜色，以及床品和家具的颜色，从这些配色的设计中就可以看出，设计师在追求质感的同时，在用色上也进行了细致的思考。卧室中异域风情十足，可以说是欧式装饰的经典之作。

在都市夜晚寻一丝优雅

在这个卧室的另一个侧，是一台古典的
梳妆镜，从这梳妆台上的花瓶和浪漫的欧式
窗帘就可以看出来，房间的主人对优雅生活
的品味以及对古典装饰风格的向往。

06

温情时光　奢华品味

红色历来就是设计师展现激情和活力的御用色彩。米色和红色的装饰搭配，加上家具中几丝金色的点缀，让卧室充满了温馨的情调，奢华的品味无与伦比。

08

一

英伦气息　经典至上

　　本案的设计充满了英伦气息。设计在卧室的梳妆台真的很吸引人，质感十足的雕花从镜框延伸到台面；水晶吊灯和落地灯相互映衬；窗帘和地板彼此呼应……总之，全部家具的用色统一和谐，布置格调经典至上。

09
_

享受惬意的午后时光

　　本案的卧室空间利用得非常充分，视线里的每一处景象都充满了温馨的设计感。软软的羊毛地毯，黑色的实木家具，还有不经意间从窗口投射进来的阳光，色调平和优雅，沉稳中不乏现代气息。

享受惬意的午后时光

10

平凡却不平淡

　　整个卧室颜色搭配得十分和谐，米白色、木花色、咖啡色相互映衬，单纯而不单调。干净的白色床品搭配咖啡色和格子靠垫，使卧室看起来理性而且现代感十足。

11

—

内敛华贵的欧式气息

实木质感强烈的卧室家具，是决定本案装修风格的主题元素。雕花床框的典雅，欧式躺椅的时尚，轻纱幔帐的细腻，内敛华贵的欧式气息在设计师手中完美地呈现出来。

12 时尚田园之风

本案的挑高比较高，然而在宽阔的空间里并没有增加过多的装饰。以田园的装饰风格为基调，包括家具的选材以及壁纸和床品的选择上，都完全围绕田园风做话题。

13

出色的田园装饰

再来看看这个卧室的细节之处，床头柜上的台灯图案特别适合这个卧室的风格，一把小小的椅子虽然不起眼，但是其古香古色的质感也完全是在设计师的考虑之中。

14

尊贵的银色世界

设计师在躺椅与睡床之间做了很好的衔接，使宽敞明亮的空间没有因此受到影响。银色的大面积运用，加上床品与床体相互搭配，使这一设计极具尊贵质感。

尊贵的银色世界

设计师在躺椅与睡床之间做了很好的衔接，使宽敞明亮的空间没有因此受到影响。银色的大面积运用，加上床品与床体相互搭配，使这一设计极具尊贵质感。

15

在有限格局里打造创意空间

本案最吸引人的地方不是它的材质和用料，而是设计师利用并不出众的格局打造出完美的卧室空间。考虑到床的摆放位置，要仔细衡量床位的尺寸以及周边的布置。可以看出每一处都充满了设计师的想法，如果不是这样的缜密构思，装修效果将大打折扣。

16

空间通透　高贵典雅

　　主卧与次卧之间的走廊狭长而幽静，并且两个房间的窗户都有足够的采光条件。所以房间内部采用纯洁的白色为装饰基调，包括家具和床品，而在走廊这个小空间里，反而采用深色系的壁纸，这样空间层次感马上建立起来，通透感十足又凸显出高贵典雅的风格。

17

来自心灵的宁静

要营造出与众不同的感觉，可以从一些小细节入手。例如，本案卧室中摇椅的摆放，不但不会占据太多的空间，而且在这里轻松片刻，摆脱城市生活带给自己的繁杂，寻找来自心灵深处的宁静。

18

圆角的设计　创意的布置

墙壁采用淡淡的黄色，家具采用纯洁的白色，但这并不是这个卧室的亮点。注意一下这个房间的门框、门口、衣柜的柜角，都是圆角的造型。从空间的格局上来说，将圆角设计利用进来，可以减少棱角分明的视觉感，而且创意的造型让原本呆板的空间显得更活泼更有设计感。

19

纯白的公主风格

　　每个女孩子都有一个甜美的公主梦，时下最流行的公主风在这个卧室中展现无余。金色的花纹墙纸、垂幔的窗饰带出浪漫的风格，纯白色的床头柜、白色的陶瓷台灯，清爽的色调搭配在一起，让卧室风格更鲜明，使空间的气氛更加温馨。

20

卧室的视听享受

　　整个空间没有任何过于抢眼的颜色，白色、木色、咖啡色相互映衬，整体色调单纯而不单调，干净的木色墙壁搭配咖啡色拼花地毯，使客厅看起来理性、含蓄、现代味十足。良好的采光，让整个空间显得明媚通透，家电的金属元素为空间又增添了一份时尚感。

21

坐拥幸福

来看看空间的另一侧，双人的纯皮沙发，是这个视听空间不可或缺的主角。在这里可以享受二人世界的幸福，也可以畅游自我的影视殿堂，坐拥幸福，如此简单而已。

22

—

缤纷空间里的安静

　　书桌与壁画的搭配，简洁同时还提升了整体的空间感。壁画的选择要适合整体色调的和谐，其内容也要注意柔和、甜美。整体空间绚烂的表象之下有了更多耐人寻味的韵味，正如女主人热情活泼的性格中沉淀下来的是对生活细节之美的感悟。

23

让空间充满灵动美感

整体设计采用欧式风格，色调上虽然没有靓丽的颜色搭配，也没有高调的材质运用，仅仅是通过装饰的细节，一点一滴地将灵动的美感渗透进整个房间。

24 迷人的卧室布置

整个卧室靓丽感十足。最深的颜色位于窗口，其次是地板和壁纸的灰度，最后将最亮的颜色运用在床头和床品上。房间的色调层次分明，而且布置疏密相安。这个卧室是不是真的很迷人。

25 整体统一的色调设计

与卧室墙壁花色相同的装饰材料运用在了滑动门上面，独立出了化妆间与卧室两个私密空间，使整体风格一致且和谐。

26

圆顶设计立体突出

最高效利用空间的办法就是选择适当的家具。再小的卧室都会有一面整体墙，为了使空间最大化，就要有效地利用墙体以及地面。圆形的吊顶使整个空间呈现出立体突出的特点。局部壁纸的运用，更加突出了空间的整体效果和气氛。

27

设计的美感　装饰的艺术

　　卧室空间设计整体呈几何形状，整体风格令人感觉到东南亚特有的质朴与舒适，向主人阐述着另一种华丽的语言。床头背景墙是设计师的手笔，也是整间房子中最跳跃的色块。

28

—

用颜色变换空间的表情

　　红色是展现激情和活力的色彩，在卧室中大胆的采用红色，性感却不妖艳，鲜艳而独特，也点燃了卧室空间压抑已久的激情，散发出十足的活力。开启柔和的床头灯，似乎有种金色的光泽在空间里流转，却又捕捉不到。

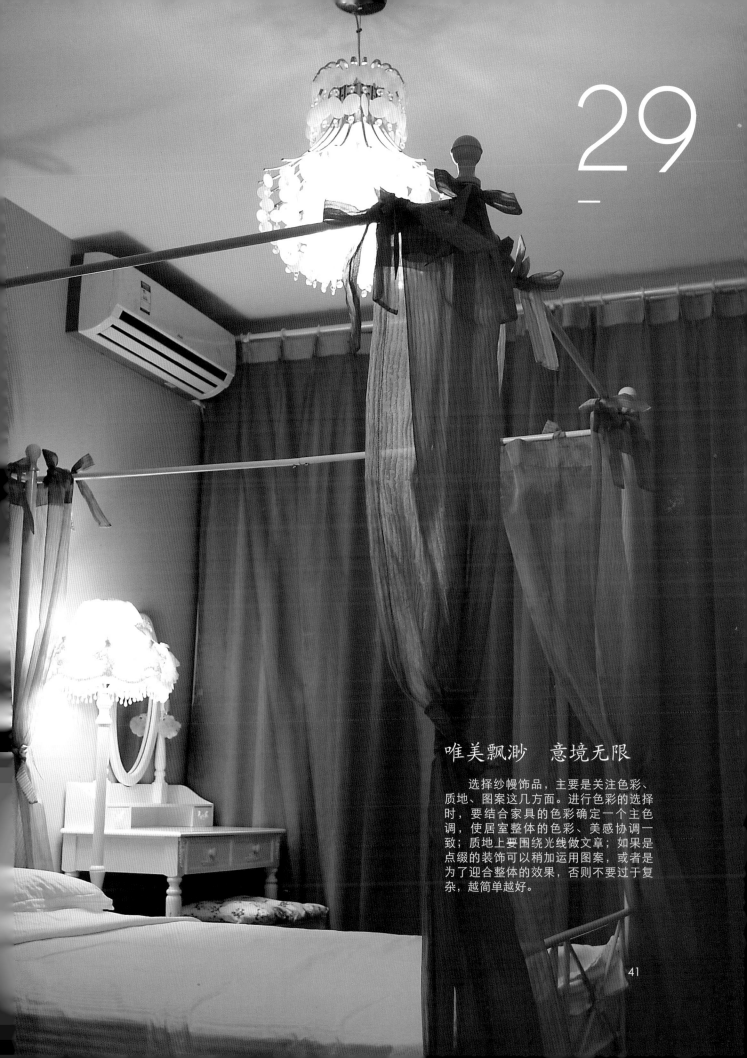

唯美飘渺 意境无限

选择纱幔饰品，主要是关注色彩、质地、图案这几方面。进行色彩的选择时，要结合家具的色彩确定一个主色调，使居室整体的色彩、美感协调一致；质地上要围绕光线做文章；如果是点缀的装饰可以稍加运用图案，或者是为了迎合整体的效果，否则不要过于复杂，越简单越好。

30

多姿多彩的休息空间

艳丽的色彩和律动的图案可以
让家变得美丽多彩，打造出妩媚、娇
柔、亮丽的家，感受色彩图案的律动
之美，家也因此有了不平淡的表情。
绿植、花灯、沙发椅、窗帘，都要选
择由深到浅的渐变色彩，增添视觉的
层次感。

31

乐活小屋

作为主人睡眠和休息的场所，卧室永远是家中最私密和最愉悦的空间，给人的感觉应该是闲适和安静的。设计师以新古典风格家具为基调，搭配清新淡雅的壁纸，将主人的品味与情感完全融合在这个空间中。

32

小创意搭配出高贵美感

如果家里的卧床很普通，那么搭配一套出
色的床品，就能瞬间改变床体原有的沉闷，与
房间整体的暗色调更为谐调。点缀造型特别的
摇椅、别致的小靠垫，在色彩上相互呼应，既
有变化又不失高贵美感。

33

金碧辉煌的卧室

眼前的这个卧室让人心动不已。金色的装饰让整个空间充满了奢华感，用金碧辉煌来形容是不是很恰当呢？

34

中性设计　个性十足

利落的线条充满了整个房间，纯白色的宽边床和有收纳功能的书桌，简洁大方的衣柜和背景墙上中性色彩的壁纸，利用这些多元变化和几何造型的有机融入，让视觉呈现出舒缓的起伏，既实用又强调了空间的设计感。

35

明亮通透　利落大方

舒适的卧室可以让主人享受一场宁静的酣睡，以白色为基调，以红色搭配，整体色调平静而不苍白，浅色所营造的宁静氛围让烦闷的心情得到平复。

36

自由的度假空间

工作很忙，却最渴望能找个地方度假，放松身体和心情。如果将卧室布置得像海边度假屋的话，那么每天回家就是不是都会有一种逍遥自在的感觉呢？

37

在度假屋中徜徉

灯具永远是家居的亮点，灯具的选择不但决定了家居的氛围，还能反映出主人的气质、偏好以及品味，一盏好的灯具在白天可以成为一种静态的装饰，到了晚上就成了烘托家居气氛的关键。

38

典雅大气的主卧

　　主卧床、床头柜等卧室家具全部是北欧式的直线条设计，显得干练而高贵。而卧室整体的色彩搭配时尚又和谐，宁静的亮金色贯穿始终，同色系的床品提亮了卧室的整体色调。流苏造型的灯具典雅大气，丰富跳跃的色彩，让空间充满了年轻旺盛的朝气。

54

39

浪漫地中海风格

　　实用主义和浪漫主义可以在卧室中并存。卧室中将蓝白作为主要色调搭配，蓝色的清透与白色的安静相互映衬，有着海洋一般的梦幻感觉。

40

简约不简单的风格

线条简洁的立柱床，富有个性又简洁大气，让卧室有宽敞的空间感。床尾几处雕花设计透露着低调的华丽，使空间线条也得到充分延伸，视觉上呈现出理性与感性的完美结合，优雅轻松又井然有序。

黑白色调的极致风格

虽然黑白的搭配经典不衰，可是要将主卧弄成酷酷的黑白两色，也是需要一些勇气的。主人对黑白色系情有独钟，摒弃掉柔和与惊艳的色彩搭配，大面积使用黑白，其中以花纹和图案作为装饰，并采用金属色系来过渡，使得空间格调高雅脱俗。

花海世界

美丽的床品，是居室里最耀眼的风景；花海的世界，让主人徜徉在浪漫的卧室空间。

高级灰度呈现尊贵质感

卧室的布置色调虽然没有利用纯色，但是高级的灰度格调依然将这个空间的尊贵质感表现得淋漓尽致。

44

甜美田园风情

可以说壁纸的运用一定要符合居家的装饰风格，因为壁纸大面积是呈现出来的，它将会决定装饰效果的整体基调。同理，相互搭配的梳妆台和睡床，以及窗帘的选择都要遵守这个原则，这样田园的甜美气氛才会被完美演绎。

铁艺风尚　幸福感十足

铁艺的睡床和顶灯，虽然异域风情十足，但色泽暗淡容易给人以沉重感，采用多层色调来调和铁艺的"冷酷"不失为一种明智之举。选择柔和的花朵图案壁纸，并且窗帘的图案和质感也与之相互协调，不但"软化"了空间气氛，而且颜色上和谐统一，卧室空间幸福感十足。

46

时尚动感　中式风格

本案采用中式的装饰设计，但却不是那种复古的实木格调。相反，将睡床和顶灯都设计成时尚的简约风格，没有复杂的实木家具，也没有深色系的床品。设计师围绕中国红做文章，单凭颜色作为卧室的装修主题。时尚红色，动感无限。

47

浓浓的生活气息

实木的床体、地板和其他家具在整个装饰中占据重要地位。柔和的墙面背景，田园风格的床品；在墙角放置一盆绿色植物，在墙面挂上一幅装饰画；窗边的柜子上面摆放着一组房主喜欢的照片……暖暖的卧室色调，浓浓的生活气息。

48.

小小的温暖 无边的浪漫

以实木风格作为卧室的主打装饰基调。花朵图案的壁纸是这个房间的灰色调，对比床体的深色，床品则选择了纯洁的白色，黑白灰的层次鲜明，整体暖色系的统一和谐，让卧室充满了无边的烂漫气息。

英伦气息　古朴风尚

房间中没有炫亮的色彩，舍去了纹理繁琐的雕花家具，凭借简单的实木睡床和暖暖的花艺窗帘，利用欧式的吊灯和壁灯，搭配纹理柔和的壁纸，英伦气息十足，尽显古朴风尚。

49

50

在卧室开辟的享乐地带

　　在这个卧室里，靠近窗口的区域非常宽敞，设计师并没有在此布置书架和植物，而是将躺椅和梳妆台安放在此。再来看看壁纸的选择，没有完全将颜色与地面、窗帘靠拢，而是用冷色系的花纹来点亮居室。棚顶的承重梁不能拆除，贴壁纸时可能有些为难。设计师选择用壁纸包梁，可以看出效果还是不错的。享乐空间，惊艳地带。

51

采光良好的卧室空间

对于卧室采光充足的空间，可以选择深色系的家具。本案的家具都是欧式的实木家具，深色的实木质感强烈且充满了古典的艺术气息。

52

浪漫情怀 兼具实用功能

为节省空间，衣柜可以采用拉门设计。位于卧室的衣柜占据了卧室的大面积空间，但是设计师并没有因此将衣柜的尺寸减小。衣柜的质地是银灰色的实木纹理效果，所以利用这种浅色系家具的亮度可以减少空间压迫感。百叶风格的设计，田园味道的顶灯，充满浪漫情怀而不失实用功能。

53

异域格调 南洋气息

卧室充满着南洋浪漫气息，干净明亮的色彩，配以实木睡床，给人以豪华感的同时透露出奢华与古朴的味道。

异域格调 南洋气息

54

暖色空间　雅致生活

　　整体的色调以暖色设计为主，配以白色的多功能书柜和睡床。简单的卧室充满了温暖的气息和房主对雅致生活的品味。

55_

小卧室的安逸情怀

让白天的疲惫和喧嚣，在温暖的卧室中消散，这就是家带给我们的安逸情怀。

56

田园意境　精致空间

空间既凸显出女性的柔美与浪漫气质，又不失现代都市的时尚感。空间在设计师精心布置下，充满了田园的意境。

57

淑女气质装饰

淑女风格的家居装修，柔美、优雅、浪漫……粉嫩的床品和壁纸，典雅的花图纹样，妩媚的感觉洋溢其中。

放松心灵的空间

纯白色家具让视野十分开阔，秉承简约的设计风格，整个空间没有多余的装饰，让人觉得大气、整洁。明朗的空间不失实用的功能，是主人放松心灵的地带。

58

—

59
—

乡村风装饰

　　这款乡村风卧室大量采用了色彩丰富的条纹装饰，但是空间中大量使用同一种色彩未免显得单调，因此窗帘的条纹和地垫的条纹是相互映衬的，同时让卧室的色彩更有层次。

60_

春色盎然的美景

　　疲惫一天回归休憩的空间，最想要的就是褪下厚重"铠甲"的放松与纯粹的温暖。将冬日的寒冷隔绝在外，让大自然的春色在卧室里复苏，让温暖的梦乡中，有着我们向往的美景。全棉大印花床品，嫩绿色清新典雅，大朵的印花带来一片百花争艳的春之景色，让你在冬日也能感受春的温暖与生机。

61

减压卧室布置

宽阔且线条简单的大床给人无边无际的安全感，浅色床品让人可以卸掉任何压力，每晚轻松入眠。卧室内的装饰柜采用透明玻璃墙造型，不仅美观，而且和整体风格保持高度统一。

62

低调的尊贵

本案的卧室装饰设计让人惊叹设计师对颜色的大胆运用。深色系的窗帘是这个房间重重的一笔，银灰色的床品质地高贵奢华，搭配亮银的边缘效果，卧室的尊贵感尽显无遗。这样鲜明的色差，却没有惊艳的纯色，低调沉稳，与众不同。

63

自然纯朴风

温暖的气息自然清淡，虽然并不浓厚，但充满了女性的柔美风情，纯朴的华丽足够让人产生安全感去依靠。

64

异域风情布置

主卧的整体格调大方典雅，淡粉色壁纸和实木地板搭配出温暖柔和的色调，深色家具在其中并不显得沉闷，而且恰恰稳定了整体色调，让空间看起来内容丰富有份量感。

65

童话时光

整个主卧的设计包围在一片柔和的氛围中，传统的碎花壁纸搭配造型别致的睡床，而且床品的图案极具童话气息。本案的设计不但适合二人世界的新婚家庭，而且也适合儿童房的布置。

66

舒适的线条空间

壁纸的选择要迎合卧室整体效果。本案的设计中没有选择碎花的壁纸，颜色上也没有因为过于艳丽而跳出整个画面。仅仅是凭借灰色系的线条图案，让卧室空间显得舒适和更文雅。

67

灰与白

这是灰与白的完美结合。灰色窗帘沉静、温柔，落地窗的采光效果非常棒，所以室内空间没有因为灰与白的搭配而显得昏暗，雅致的气息依然渗透其中。

68

彰显新古典的韵味

缕空图形的屏风，通过沧桑感十足的纹理表现出古色古香的韵味。壁纸的金色搭配着窗帘和地板的颜色，在顶灯的照射下让卧室金碧辉煌，新古典的韵味彰显无余。

69

倾听窗外的风声

将窗台完全延展开来，只在阳台搭建一处休闲之地。夏初或秋末，清风细雨拍打着窗外的树叶；冬去又春来，冷风阵阵拂去堆积在心头的往事。

88

70

海外风情　别具一格

纱幔轻垂，丝绸荡漾，质感和配色在这个空间达到了高度统一。靠枕的图案个性十足，采用三原色作为颜色搭配的亮点，用以点缀灰色系的基调。海外风情，别具一格。

71

—

当海风轻轻拂过

　　碎花、蕾丝、荷叶边，室内
的装饰星星点点，以蓝色为配色基
调。从窗帘的深蓝，到墙围得灰
蓝，再到床品的蓝白碎花，室内色
彩搭配层次鲜明，疏密相安。让人
似乎身处沙滩小屋，海风轻轻拂
过，窗外飘进海洋的气息。

72 格局有限　创意无穷

尽管这是一个不规则的窗形，但主人却恰恰运用了这一特点，打造出了实用的小柜，将并不容易改造的空间，变成了收纳好去处。整体空间也因此变得规整有序。

73

嵌入式衣柜

　　嵌入式衣柜比较节约面积，空间利用率高。一般来说，家中如果能够找出一块面积在4平方米以上的空间，就可以考虑使用推拉门，但一定要加防尘条，确保门的严密性。

74_

爱上简约 爱上自由

极具现代感的床体和休闲躺椅，加上黑白灰的运用，自由的尺度被无限制放大，更突出了主体设计的简约、舒适。

75_

洞庭芳草 远离尘嚣

窗外绿意盎然，窗内繁花似锦，在这样一个静谧、通透的空间里，或阅读，或小憩，都是一件惬意的事。加之一盏造型雅致的灯，令空间不会沉闷单调。

梦公主 浪漫风

在现代家居中，有一种简洁风格的帘幔是人们喜欢的。它不需浓艳的色彩，也没有丰富的花图，仅仅是素净的颜色，清透的材质，就能让卧室变得如此多情浪漫。

77

利用挑高做创意吊顶

　　这个卧室的挑高空间很大，设计师没有在这个空间里加设实木的吊顶，也没有加装过多的光源，而是利用紫红色的布帘拉开空间的视觉感。鲜艳却不刺眼，充分却不沉闷。

78

自然风原木吊顶

利用原木吊顶，在家中享受自然品味。因为本案的家具都是深色系的，所以吊顶的颜色采用了乳白色，不但和家具形成鲜明对比，而且也使整个空间显得宽敞明亮。

简简单单

不要壁纸的花纹图案，去掉窗帘的复杂重叠，
舍弃欧式床体的古典雕花……整个卧室简简单单，
整个空间安安静静。

80

一

华丽空间　幸福满满

将装饰的风格定位于欧式古典，并且在配色的设计上力求温馨、和谐。壁纸和窗帘都选择高级的金色系，红色的床品就成为了卧室的点睛之笔。空间华丽，质感非凡，光线柔和，幸福满满。

81

浓郁的异国情调

　　雕工精美的床体和床头柜，金色的工艺饰品，紫色的装饰窗帘……整体设计具有东南亚特色，充满浓郁的异国情调，赫然给人一种全新的视觉感受。

拼色床品打造立体空间

　　绒质面料温暖亲切，创意的拼色让整套床品给人以清新曼妙之感，如此打造出的立体空间，散发出丝丝典雅脱俗的气息。

83

奢华的私密空间

全屋选择质感强烈的实木风格为基调，充分利用灯光的投射效果，搭配高贵的金色雕边大床和纯洁的白色床品，奢华、私密的空间幸福感十足。

84

体验明朗风格

其实在确定整体的装修风格之后，最主要的就是家具的选择。针对本案明朗的居室设计风格，更要搭配大方优雅的家具床品。

优雅女人香

　　家具的设计中，设置了优雅而实用的梳妆台，小巧的花纹布艺座椅；配色的效果上，床头部分大胆的运用了黑色，而过渡到梳妆台这一侧的墙面运用金色，明暗的强烈对比，空间层次分明。卧室里仿佛蕴藏着属于主人自己的梦想，优雅的生活气息充满了整个空间。

86

传统风格　经典至上

　　整体的装修素朴庄重，设计师在传统的设计风格基础上舍弃了复杂的雕花纹理，取而代之的是素雅的青花图案，加上几处大红色系的点缀，清幽质朴的居室空间赫然间呈现出经典迷人的气质。

传统家具的魅力

蕴涵在传统家具中的古老元素似乎
有着神秘的力量，总能给主人带来宁静
与平和的居室感受。

88

一

实木质感　条纹风尚

　　非常传统的实木栅格装饰，不一定
要用在客厅或者餐厅里，如此恰如其分
地将它运用到床背上去，也很美观。搭
配条纹的壁纸，传统中凸显出不俗的时
尚韵味。

89

世外桃园的田园梦

想要一个如世外桃源般清新浪漫的家吗？用浅色系家具搭配花朵图案的床品，薄薄的纱帘也透露着浪漫的气息。清幽的田园梦，浅浅的粉嫩，是不是理想中的卧室呢？

90

花样年华　古典风韵

实木家具和碎花壁纸，整洁的床品和水晶吊灯，虽然很吸引人但这却不是本案的亮点。以花繁叶茂的印花图案代替石膏线，卧室的氛围一下子在古典气息中再添一笔精致。

91

—

豪华公主风

　　整体的粉色系是本案的装饰基调，设计师将重点放在了房间用色和空间布置上。因为房间的主人偏爱这种公主风，所以房间装饰不但高贵豪华，而且散发出粉嫩柔和的气息。

92

简约欧式混搭风格

主卧床体精细的裁切、雕刻及镶工，在突出浮雕般立体的质感的同时，追求优美的弧形及弧度，力求在线条、比例设计上充分展现丰富的艺术气息。特别是背景墙的碎花壁纸装饰，丰富了空间的视觉效果。

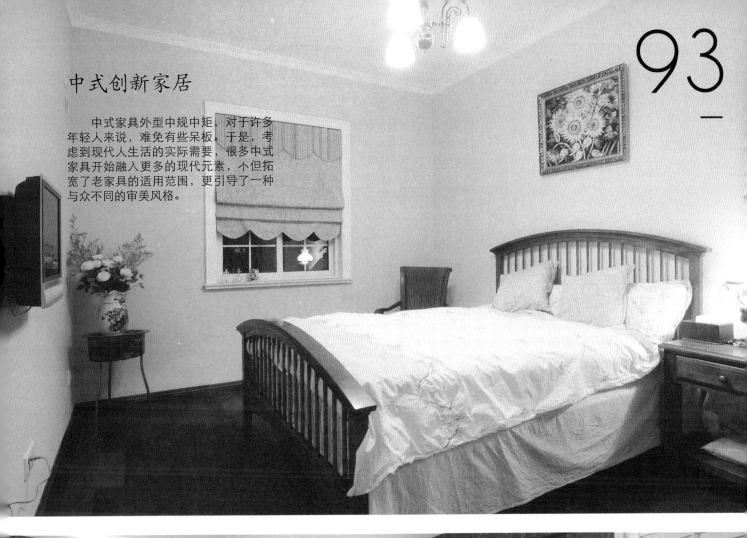

中式创新家居

　　中式家具外型中规中矩，对于许多年轻人来说，难免有些呆板。于是，考虑到现代人生活的实际需要，很多中式家具开始融入更多的现代元素，不但拓宽了老家具的适用范围，更引导了一种与众不同的审美风格。

条纹元素巧妙运用

　　自从条纹图案登陆时尚舞台以来，似乎每一季我们都能看到它那跳跃的身影。锐利的条纹如同生活的线条，清晰的脉络一如我们时尚的每一天，充满动感和年轻的活力。卧室中的条纹元素相互呼应，冷俊的外表下面不乏安逸与宁静。

95

—

刚柔并济的空间

在对空间结构进行合理化的改造后，在室内装饰中使用了建筑装饰中的一些线条元素，增强建筑感，强化新古典风格的直线感和夸张尺度，使整个空间呈现硬朗的轮廓，但在软装配饰上大量运用曲线来中和平衡，从刚性气势中隐约渗透柔美知性的温婉气质。

96

主卧背景立体生动

　　和夏季时装繁花似锦一样，家居装饰也是以幔纱为主，无论是色彩绚丽的印花布，还是浪漫的蕾丝花边，主人都会爱不释手。只需简易地勾勒几笔，卧室床体的背景就立体、生动起来了。

97

欧式原野丛林居家设计

想要打造一个原野丛林中的居家设计，给自己一个养生的空间，其实并不是一件很难的事情，布艺的搭配和软装的改变能够很好的满足你这方面的需求。配置窗帘的颜色还要与灯光相协调。

98

倾城阳光房的舒适

　　高层的空间带来了良好的风景，这套居室内的房间都有十分大面的玻璃窗，阳光蔓延进来，带着倾城的色彩，户外的都市繁华也能一览无疑却不会打扰了空间的清透舒爽。简约的风格装修在阳光下展现出明媚的表情，让人为之着迷。

99

简单干练的家装风格

　　卧室可是家装布置的重头戏，既要展示出两个人的个性又要营造出温馨甜蜜的氛围。房间里没有过多装饰，以黑、白、灰色调为主，家具饰品都透露着现代感，墙面有大片留白，黑色与灰色的组合在白色的衬托下显得深邃。

100

一

经济实用的小摆饰

在对一个小面积卧室进行装饰设计之前，既要考虑到它整体的美观，也不能忽视它的实用性。

101

时尚的挑高空间

　　时尚的挑高空间，既现代又明朗。卧室的墙壁选择了华丽的淡金色，同样传递的是一份热情梦境的期待。在设计中，因雅致的色调和艺术品的点缀，让这间卧室不仅舒适而且令人赞叹。

102

丽多姿的粉嫩家居

色彩是大自然赐予我们的礼物，她让我们的世界变得丰富多彩，因此有很多年轻夫妻的家会选择绚丽多姿的卧室布置。红色、黄色、绿色、紫色如彩虹般的色彩，点亮卧室空间。流苏造型的窗帘、粉色的躺椅，虽然显得甜美，却不似韩国风格的那样甜腻。因为家具选用了流线条设计，并且是多层次调和，压住了粉色过度的甜美感。

BATHROOM

卫 浴

01_

简洁风格的浴室

手盆、盥洗区为米色的简洁风格，给人耳目一新的感觉。整个空间布局上采用了现代的干湿分离设计，冲淋房隐蔽在装饰墙后面，暖色调搭配在这里得到完美融合。

02
_

空间上分隔有序的浴室

这个空间的分隔很有创意，浴缸、洗面台、冲淋间、洁具全部分离，但又互相有细节相呼应，看起来十分舒服而富有空间感。淋浴间也别具一格地使用了表面不规则壁砖墙面，呼应着整个空间的色调，让人心生愉悦。

03 _

浪漫的私蜜空间

　　粉红色的洁具是浪漫唯美的。它们会被挑中，或是为了那种温情，或是为了于细节里诠释生活的精致，在相互热烈地传递间，荡漾着浓浓的诗意情愫。轻纱妙曼，尽享这自创的温柔。

04_

清新素雅的浴室

浴室的墙壁搭配蓝绿色的墙砖，再配以洁白的洗手盆，清新素雅，简单大方。

吉普赛风格的装饰

好似沙漠空旷无人的孤寂之地，却有着最为丰富的水源。这就是这组浴室设计的灵妙之处。吉普赛特有的热情和色彩，给你带来的是无尽的暇想。

06

小饰品的魅力

　　不用下大功夫，几个带有民俗特色的挂饰，就会使浴室气氛活跃起来。其实，几款别致造型的小物品、几种新鲜亮丽的色彩，就足以让你体会生活的快乐。

一

韵味深远的装饰

　　有内涵的装修风格，总是由内而外散发一种成熟的韵味，在华丽的背后，散发着低调优雅的气息，吸引旁人的目光。

08

一

仿古风尚

　　拥有着复古流行痕迹的浴室，也向我们演绎着岁月的优雅气度和华丽的低调，经过岁月的磨砺，复古风有着世人不能抵挡的魔力，无论是墙体设计、手盆打造，还是家居设计，复古都有着愈演愈烈的趋势。

09

传统与现代的结合

选择古典的卫浴家具，在配色上却大胆的运用绿色作为墙面的主体颜色。传统与现代的完美结合，沉稳与惊艳的和谐统一。

10

小空间充分利用

简约依然是浴室空间的主旋律，根据不同物品摆放需求，设计师将浴室和化妆间功能分开，一部分设计为半开门，一部分为台体，很好地满足了主人日常洗漱的生活需求。

11 高贵从容体现

大胆采用了大红色马赛克的墙壁，但是因为巧妙的搭配了白色落地的浴缸，古色古香的花插和壁灯，没有妖艳，没有庸俗，只是高贵和典雅。

高贵从容体现

12

整洁简约之美

洗脸台、镜子都设计出现代简约风格，别致的水龙头成为点睛之笔，依附于墙面之上，让我们将简单实用进行到底。

13

时尚色系搭配和谐

家居装饰时，色彩是最易出效果、最能表达个性的一个元素。金色系豪华而又阔气，充实了整个浴室空间。木质百叶窗不仅可以让你享受阳光，还能保证很好的隐私，实用美观。

明亮整洁的卫浴空间

复古平滑的砖面，还原自然感觉的空间色调，多变的色彩搭配，加上不规则排列的几何图形。整个浴室空间整洁明亮却不失活泼的气氛。

14

豪华的卫浴空间

以白色为主的卫浴空间里，放入一款小巧而精致的台镜让人眼前为之一亮，精巧的浴室架方便日常清洗时随手取用清洁物品。

15

16

现代时尚的卫浴空间

浴室台架和台盆保持一定的距离，方便浴室柜上方搁置小件的物品，也保持了卫浴间的干净整洁。

17

粗旷的卫浴风格

　　粗犷硬朗的卫浴间是让男人也钟情的私密天地，卫浴间不再是女人的专利，近年来许多男士也开始享受属于自己的洗浴乐趣。开阔的的空间，干净利落的线条，勾勒出硬朗的卫浴空间，比较适合生活节奏很快的都市人。

18

现代感十足的浴室设计

淋浴房通过触摸屏做出远程控制就可以调节一切，十通道的水流冲洗到身上，可起到按摩作用。另外淋浴房里的百叶窗设计、芬芳功能和可选声音系统，为你营造一个完美的SPA空间。

19

简洁的浴室风格

　　不需要过多的装饰和过于华丽的摆设，浴室里的简洁风只需要同样风格的镜子，橱柜，再搭配精致的水龙头、毛巾架与柔和温暖的灯光就十分完美了。

20

一

安逸的空间

　　繁华过后，总是深深依恋生活中的那份轻松与悠闲，才发觉它的重要性。用休闲的心情装饰自己的居室，家，就可以宁静、自然、舒适，就可以隔开世俗喧嚣，享受都市清静。

21

金属之风

简欧风格，以简约的金属线条代替复杂的花纹，采用更为明快清新的银色，既保留了古典欧式的典雅与豪华，又更适应现代生活的休闲与舒适。体现了都市白领对典雅生活的追求，让生活成为艺术的人生态度。

乐享洗浴之美

运用中国古典装饰风格，开放式卫浴空间设计更为随意多变，风格以复古为主，一般将浴缸安置在俗室的一侧。

22

线条优雅的时尚空间

23

美观素雅的面盆，独特的椭圆形设计，线条优雅时尚，配合带有蝶舞的图案，打造出完全属于自己的浪漫空间。

实用的浴室设计

对于空间局限，想淋浴又希望能泡澡的人来说，将淋浴房和浴缸合二为一的选择非常实用

24

25

怡心爽神的布置

　　卫浴空间的整体布局主要由墙面、地面材料、灯光等融汇组成，白色的浴缸在柔和、弥漫的灯光映衬下，不仅使空间视野开阔，暖意倍增，而且愈加清雅洁净，怡心爽神。

26

提亮空间照明

  白色浴室只用小部分红色壁砖做装饰，让你在浴室中享受自然的美。冲淋房里配有地漏设备，功能性至上的同时，又保持了统一的装饰效果。

27

放松心情的空间

　　独特的设计、大容量的浴缸，让我们在水中尽情的游弋，加上水的阻力，加速新陈代谢，燃烧脂肪。温润的大理石材质如同母亲的触摸，通透的视觉让我们忘却所有的烦忧和压力。

28

打造多种功能的浴室

雕花的仿古浴镜，素净的大理石台面，并不华丽的瓷砖，打造出了一个看似面积不大，但包括沐浴、盥洗、洗衣、储藏等功能的浴室。

29

展现个性化浴室

时尚的浴室装修体现出人性化的设计风格，同时拥有两个盥洗区，方便多人同时使用，但相对的占用空间会比较多，造价也有一定增长。

30

简洁大方的卫浴

　　整体浴室呈现出一种温情，传统的韵味。柔质的窗帘释放着时尚的风情，化妆镜配有油画色彩的边框，极富艺术感。欧式经典柱式面盆，简洁大方。

31

让卫浴空间搭配更协调

　　浅色的墙壁与棕色藤条编织衣筐配合得十分协调，再搭配柔和色系的盥洗台面，完美地打造出了自然清新的浴室风格。

童话般的浴室

海滨城市得天独厚的水波潋滟，与借景发挥的室内空间相互交织，造就了这间胜似Spa的梦幻浴室。童话般的浴室让人惊叹设计师的想象力。

156

33

仿古砖打造浴室空间

明亮的色彩可以让人心情愉悦。鲜亮的黄色，为卫生间带来一份浪漫，圆润的弧线，为家带来一种时尚，为都市个性一族带来经典、浪漫、时尚的卫浴情怀。

现代中式卫浴

现代家居崇尚个性与自由，复古的中国情结给家居带来了非同寻常的个性化与自由感，温婉但不失张扬，含蓄又蕴含活力。这是一间完美的中国情结的卫浴间。

简洁利落之美

　　入墙半角式卫浴的出现，便演绎了一场空间的
"自我解放"运动。入墙式卫浴拒绝各种复杂外露
的通水管道，以简洁利落的独立姿态示人，营造出
一种清爽之美。

35

36

卫浴的布置搭配

生动的生活，总是要用细腻的心思去完成。浴间饰品的添置，多了会觉凌乱，少了又显单调。挑选好一件心仪物品的同时，再搭配一件与之呼应，这个过程是专属精致生活的情趣。

37

功能实用　贴心设计

其实无论卫浴空间是大是小，干净整洁是所有空间设计的最基本指导原则。因此在卫浴空间的设计上最好使用清新的色调，柔和的光线和简洁的收纳，并且严格遵守不同空间的设计规律。

清凉角落　脱俗质感

清凉的配色设计，让人对这套设计产生非同一般的畅想；脱俗的质感叠加，使空间的气氛优雅脱俗。

39

展现古典美卫浴布置

中式的装饰情节让设计师的理念贯穿整个卫浴空间。实木盥洗台柜散发古香古色韵味的同时，也将实用的功能完美的呈现出来。

40_

随心所欲的色彩搭配

从吊顶到地面，从墙体到洁具，都
充满了设计师对色彩的要求。看似随心
所欲，但内涵与众不同。

延长视觉的卫浴布置

因为其空间的狭小，就特别需要将所有基本功能和特色凝缩在一起，而且，要尽量使有限的空间看上去更大些，更实用些。在小浴室中，洗手盆和马桶尽可能用较小的型号，以节省有限的空间。

41

42

宫廷奢华的卫浴布置

小配饰常常能发挥大作用，窗户处那个蕾丝碎花短窗帘的确为整间浴室增色不少。浴室间略带奢华感，其中素雅的地柜、硫金雕花的浴镜、花盏壁灯都显得很华美。

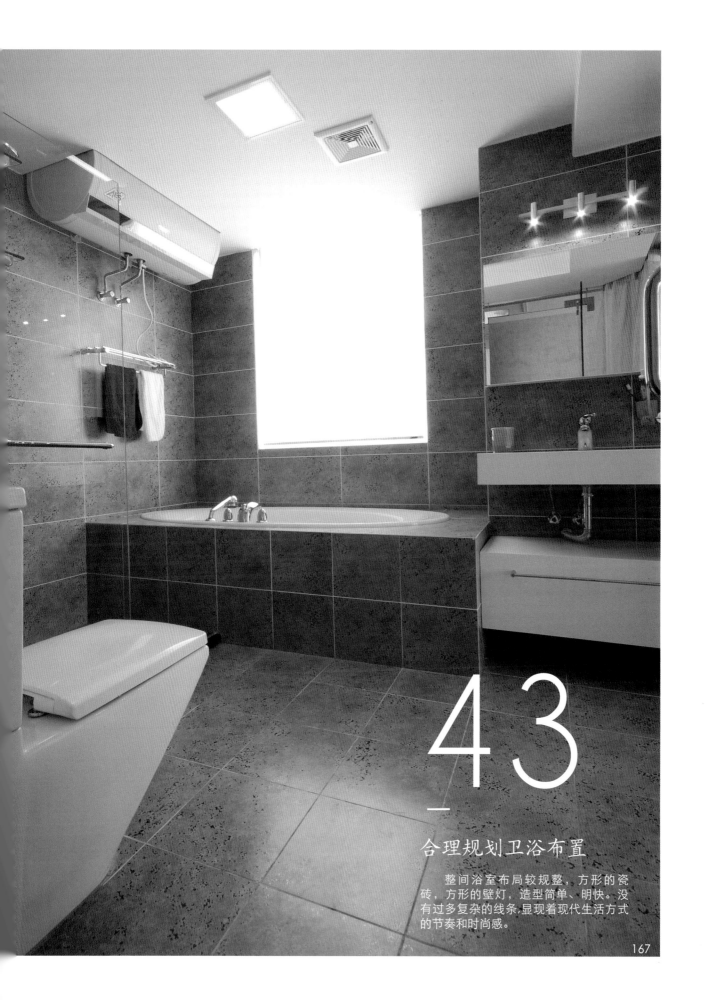

43

合理规划卫浴布置

整间浴室布局较规整，方形的瓷砖，方形的壁灯，造型简单、明快。没有过多复杂的线条,显现着现代生活方式的节奏和时尚感。

044

充满阳光的儿童卫浴

要设计儿童的浴室，就要从孩子们的角度考虑，什么样的装饰能够让孩子们感到兴奋，感到愉悦。尝试着把浴室变成一个游乐场，用鲜艳的颜色及大海和沙滩的灵感来开始装饰，充分自由的发挥。

清爽的海边风情

　　最别出心裁的设计就在于这些配件上，如用些卡通人物和时尚的壁砖、浴帘、地毯等。尝试用明亮的灯光，这样就可以有更多的艺术发挥空间和多种新鲜设计。明亮大胆的色彩，会使整个浴室营造出不同的气氛。孩子们对这些明亮的色彩特别敏感，能有效带动他们的情绪。

45

欧式卫浴的布置

这个空间给人一种泾渭
分明的感觉，淋浴、盥洗池、
隔板都是暖色系的，而且主要
用流线造型作为轮廓。这些以
暖色调为主的空间背景相当突
出，展现出主人冷静且沉稳的
性格。

46
—

温馨的卫浴布置

小隔断的浴室，全透明的玻璃门能让人身心得到彻底的放松。淋浴边的透明门装饰，简洁明快。如果在浴室放点音乐，生活是不是更加惬意。

步步登高　丝丝幽凉

亮丽的色彩搭配，加上仿古砖面的台阶，丝丝幽
凉会赶走夏日的浮躁。步入浴池的那一刻，是不是会
使人有种步步登高的感受呢？

春暖花开之时

拥有一个宽敞的大浴室是许多人的梦想，可以完
全不受拘束，尽可能地实现你对空间的憧憬。浴缸和
冲淋相结合，而且可以增加桑拿室、休息区等，将浴
室的功能得到延伸。在家里就能够享受各种沐浴的体
验，让自己彻底放松，感受居家的无限舒适。

简单的卫浴的布置

　　其实这款浴缸利用的是"水平虹吸"技术。表面只有一些狭缝，水流通过这些狭缝被到出到墙体内的下水管中，最终排出。正因如此，这款浴缸才能保持如此苗条的身姿，而且没有任何管道暴露在外面。在家里装上这样一款水槽会令卫生间更加简洁。

独特的卫浴设计

　　新款浴缸采用100%可循换材料制成，这个天才的设计将浴缸与毛巾架巧妙的合为一体，既节省了卫浴空间，同时为每天的清洁工作增添了一份情趣。简洁柔和款式，可随意调整左右方向，在小浴室里更能体现出其优势和独特设计。

51

卫浴间色彩的搭配

卫浴间瓷砖以灰色调为主,也可以用对比色关系表现色彩关系。卫浴间所用砖面多表现为平整光滑或有规律性、或有节奏的凹凸。卫浴间洁具多会选用纯白色。水龙头可选用多彩色、白色或镀银等。

53

色彩的巧妙布置

突出蓝白色系的搭配，充分利用空间格局的限制，变被动为主动，变劣势为优势。色彩的巧妙布置让视觉中心从空间格局转移到了色彩搭配，再利用绿色植物点缀其中，卫浴空间顿时生机盎然。

54

返璞归真的卫浴

　　大量的白色，大量的直线条，给浴室里增添了不少随意，把来自于大自然的流线型、协调的形态引入卫浴空间，带来返璞归真的风格，体现人与自然的紧密结合，是当今卫浴设计的趋势。

55

充分利用空间的各个角落

　　这个浴室空间不大，也可以说有点儿局促。但即使在这么个小小的角落，卫浴的主人都没忘了在柔和的主色调中，粗犷的冷色瓷砖勾勒出几道轮廓，整个空间立刻显得整齐了很多。

177

56

自然交融的卫浴间

现代家居崇尚个性与自由，复古的
中国结图案给这个空间带来了非同寻常
的个性化与自由感，温婉但不失张扬，
含蓄又蕴含活力。

57

前卫的铁锈效果

单纯的仿古砖拼贴并不足以抢占空间的焦点，但是大面积的铁锈效果与纯洁的白色搭配其中，前卫的效果真的与众不同。

58

古旧却不失经典之风

古旧的感觉是设计师在刻意追求的效果，对比沉稳并且花纹细腻的梳妆镜，盥洗池的尺寸就显得夸张了一些，但是如此搭配确实让人感觉经典且时尚味道十足。

59

时尚豪华的卫浴

亚热带风格的设计主题让这件浴室仿佛置身在一个幽静隐蔽的小岛上，其实只需要简单的几个小配饰例如壁纸，壁灯，就可以营造出这样独特的气氛。

60

一

灰白空间

因为卫浴的房间采光效果极佳，所以本案的设计没有添加重颜色，几乎是仿古的灰色墙砖和白色的卫浴洁具在唱主角，空间的质感和光线也没有丝毫的不足。

61

创意新生活　卫浴时尚风

卫浴的落地式大窗，前所未有的采光效果，虽然是私密的空间，但是凭借设计师大胆的设计，在炫耀空间亮丽和布置丰富的同时，丝毫不影响空间的装饰和正常的使用。

图书在版编目（ＣＩＰ）数据

卧室·卫浴200例 / 东易日盛编辑部主编. -- 长春:
吉林科学技术出版社，2010.5
　ISBN 978-7-5384-4672-2

　Ⅰ. ①卧… Ⅱ. ①东… Ⅲ. ①卧室－室内装修－建筑
设计－图集②卫生间－室内装修－建筑设计－图集③浴室
－室内装修－建筑设计－图集 Ⅳ. ①TU767-64

中国版本图书馆CIP数据核字(2010)第046627号

東易日盛®
家居装饰集团

卧室·卫浴 200例
BEDROOM BATHROOM

东易日盛编辑部 / 主编
责任编辑 / 崔　岩　王　皓
特约编辑 / 邓　娴
封面设计 / 崔　岩　崔栢瑞
图片提供 / 东易日盛家居装饰集团股份有限公司
首席摄影 / 恽　伟
设计助理 / 邓　娴　沈　杨　李　璐　崔　城　刘　冰　田天航　李　爽
　　　　　赵淑岩　沈　彤　陈　瑶　韩淑兰　韩志武　王　倩　张　萍
　　　　　崔梅花　韩宝玉　王　伟　朴洁莲　具杨花　宋　艳
内文设计 / 吴凤泽　李　萍　潘　玲　潘多　田　雨

吉林科学技术出版社出版、发行
社址 / 长春市人民大街 4646 号
邮编 / 130021
发行部电话 传真 / 0431-85677817　85635177　85651759
　　　　　　　　　 85651628　85600611　85670016
储运部电话 / 0431-84612872
编辑部电话 / 0431-85679177　85635186
网址 /www.jlstp.com
实名 / 吉林科学技术出版社
印刷 / 长春新华印刷集团有限公司

如有印装质量问题　可寄出版社调换
889mm×1194mm　　16 开
11.5 印张　　100 千字
2010 年 7 月第 1 版　　2010 年 7 月第 1 次印刷
ISBN　978-7-5384-4672-2
定价 / 39.90 元